De la même Autrice :

Romans grands caractères en **Police 18** :

- **Le Mas des Oliviers**, *BoD*, 2022
- **Le cadeau d'Anniversaire**, *BoD*, 2022
- **Autour d'un feu de cheminée**, *BoD*, 2022
- **En cherchant ma route**, *BoD*, 2022
- **Le hameau des fougères**, *BoD*, 2022
- **La fugue d'Émilie**, *BoD*, 2022
- **Un brin de muguet**, *BoD*, 2022
- **Le temps des cerises**, *BoD*, 2022
- **Une Plume de Colombe**, *BoD*, 2022
- **La dame au chat**, *BoD*, 2022
- **Un secret**, *BoD*, 2022
- **La conférencière**, *BoD*, 2022
- **L'étudiant**, *BoD*, 2022
- **Un week-end en chambre d'hôtes**, *BoD*, 2022
- **L'héritière**, *BoD*, 2022
- **On a changé de patron**, *BoD*, 2022
- **Un automne décisif**, *BoD*, 2022
- **Disparition volontaire**, *BoD*, 2022

***

Romans grands caractères en **Police 14** :

- **BERTILLE L'Amour n'a pas d'âge**, *BoD*, 2021
- **BERTILLE Les Candélabres en Porphyre**, *BoD*, 2020
- **BERTILLE, Les lilas ont fleuri**, roman, *BoD*, 2019

(d'autres parutions à venir... voir le site de l'autrice)

Romans et livres **Police 12** :

- **La Douceur de vivre en Roannais,** roman, *BoD, 2018*
- **Une plume de Colombe,** nouvelles, *BoD, 2017*
- **New York, en souvenir d'Émile,** roman, *BoD, 2017*
- **Croisière sur le Queen Mary II,** roman *BoD, 2016*
- **La Villa aux Oiseaux,** roman, *BoD, 2015*
- **La Retraite Spirituelle,** roman, *BoD, 2015*
- **Recueil de (Bonnes) Nouvelles,** *BoD, 2014*

***

Aventures Jeunesse (9-14 ans) :

- **Farid, la Trilogie,** *BoD, 2014*
- **Farid et le mystère des falaises de Cassis,** *BoD, 2009*
- **Farid au Canada,** *BoD, 2009*
- **Farid et les secrets de l'Auvergne,** *BoD, 2009*

***

Thriller religieux :
- **In manus tuas Domine...,** *BoD, 2009*

Site de l'auteure : www.isabelledesbenoit.fr

© Isabelle Desbenoit, 2022
Édition : BoD – Books on Demand, info@bod.fr
Impression : BoD – Books on Demand, In de
Tarpen 42, Norderstedt (Allemagne)
Impression à la demande
ISBN : 978-2-3224-3715-3
Dépôt légal : mai 2022
Tous droits réservés pour tous pays

L'HÉRITIÈRE

Isabelle Desbenoit

Il est vingt heures. Me voilà bien assise, confortablement, dans mon grand canapé, un plaid de laine enroulé autour des jambes. Ce soir, je suis seule et je reste chez moi, ce qui arrive si rarement. Me voici plongée dans une introspection douloureuse.

Je vais avoir quarante ans le mois prochain et je traîne ma vie comme un boulet. J'ai des parents riches qui passent leur temps à gérer leur fortune, des rentiers quoi... Ils m'ont envoyée dans les meilleures écoles, m'ont fait faire des stages linguistiques pour que je puisse parler l'anglais et l'espagnol, j'ai fréquenté le milieu choisi de la noblesse. J'ai tout eu, j'ai tout, on m'a payé un appartement à Paris de cent dix mètres carrés très bien placé dans le seizième arrondissement. J'ai une femme de ménage, je vais chez mon coiffeur deux fois par semaine, la manucure vient à domicile et on me livre mes repas quand je n'ai pas envie de cuisiner. J'ai une vie de princesse et pourtant je suis seule et triste… Je donne le change avec mes amis, participant à toutes les soirées avec entrain, riant et buvant à souhait. Je sais faire illusion, mon éducation m'a très bien appris à tenir une conversation en ayant l'air formidablement intéressée alors que, en réalité, je m'ennuie mortellement... J'ai de bonnes manières quand il le faut, le vocabulaire et la politesse exquise des gens bien nés, des personnes qui ont grandi dans les pensionnats avec uniforme où l'on sait se tenir... Et pourtant, je suis détachée, incapable d'investir ma vie autrement que par des apparences qui font illusion... De plus, à bientôt quarante ans, je suis toujours célibataire... Je n'ai pas d'activité professionnelle non plus.

J'ai traîné des années à la faculté, changeant de spécialité plusieurs fois. Au demeurant, j'ai également fait des stages dans les meilleures entreprises grâce aux recommandations de mes parents mais je n'ai jamais tenu longtemps partout où je suis passée.

Savoir que mes parents me légueront de quoi vivre pendant trois cents ans ne m'aide pas à trouver la motivation pour me lever le matin... Et puis, au fond, je ne sais pas vraiment ce qui m'intéresse. Je me fais l'effet d'une adolescente qui se cherche, je rêve, je change dix fois de plan au cours d'une journée et finalement je ne choisis rien.

Je me demande bien si j'aurais été comme cela si la vie ne m'avait pas fait naître avec une cuillère d'argent dans la bouche. J'aurais été obligée de gagner ma vie, de m'en sortir. J'ai honte mais, quelquefois, je rêve que si j'avais eu des parents modestes, j'aurais pu faire mieux. Dans les dîners en ville, je parle de mes passions toujours éphémères, je donne le change, on me croit submergée d'activités alors que je passe ma journée à ne pas faire grand-chose, ouvrant un livre par-ci, écoutant une émission par-là, tapotant des heures sur mon *iPhone* dernier cri... Je ne peux pas dire que je suis déprimée, je suis seulement incapable d'agir vraiment. Sentimentalement, c'est pareil, j'ai balayé d'un revers de main les trois ou quatre demandes en mariage que j'ai eues il y a quelques années, entre vingt-cinq et trente ans. Des jeunes gens du même milieu que moi, que je n'aimais pas... Les années passant, je me surprenais à m'enticher de personnes que je rencontrais mais qui ne semblaient curieusement pas du tout s'intéresser à ma petite personne. Je passais mon temps à rêver, là aussi... Maintenant, la plupart de mes amis sont casés et je me retrouve dans les dîners avec les divorcés que l'on place dans le plan de table en face de moi ou pire, des veufs de trente ans mes aînés...

***

Je suis reçue pour les vacances chez des amis de mes parents où je me comporte comme si tout m'était dû, sans m'en rendre vraiment compte d'ailleurs : je n'ai aucun souci matériel, je ne vois pas ceux des autres... En août, je profite de l'immense piscine des B., en hiver, je vais skier une heure ou deux par jour, invitée dans un des plus beaux chalets de Courchevel ; ma vie se passe ainsi à traîner chez moi ou chez les autres. Par contre, je ne reçois jamais, je n'en ai même pas l'idée, j'ai tellement l'habitude que l'on prenne soin de moi, je ne sais pas m'occuper des autres. Je suis une héritière...

J'ai perdu mes illusions et ma vie dorée de célibataire qui fait ce qu'elle veut quand elle le souhaite me va si bien. Des enfants ? Je serais bien incapable de les prendre en charge, j'ai tellement à faire avec moi-même... Enfin, ce soir, c'est le méga coup de cafard… Ma vie m'apparaît dans toute sa vacuité…

Vais-je enfin réagir ? Me prendre en main ? Je me décide à prendre rendez-vous avec une psychanalyste dont on m'a dit le plus grand bien. Il me faut choisir quelque chose, j'ai fait le tour de ma vie, je dois changer, trouver pourquoi je n'arrive à rien dans l'existence, ni sentimentalement ni professionnellement.

Jusqu'à présent, j'ai toujours refusé d'aller voir quelqu'un mais aujourd'hui, c'est différent. Le cap des quarante ans est le déclic qui me fait me remettre en question. Le lendemain, Madame Boulain me donne rendez-vous pour dans quinze jours. Je raccroche avec un sentiment de crainte mêlé à une certaine satisfaction.

***

Aujourd'hui j'ai mon premier rendez-vous avec la psychanalyste, je décide de m'habiller sobrement d'un pantalon à pinces noir et d'un pull en cachemire bleu lavande. Je veux faire bonne impression.

— Bonjour Madame, entrez, installez-vous, me dit simplement Madame Boulain.

La professionnelle me donne ensuite les renseignements pratiques concernant ses consultations puis elle se cale dans son fauteuil et me dit sobrement : « Je vous écoute ». Je ne me suis pas allongée sur le sofa, beaucoup trop intimidant devant une inconnue, j'ai préféré m'asseoir dans le grand fauteuil de cuir placé en face de mon interlocutrice.

— Eh bien, je viens vous voir car j'ai bientôt quarante ans et que je ne fais rien de ma vie…

— Rien, oui… c'est-à-dire ? m'interroge-t-elle d'un ton neutre. La psy me semble intensément présente, c'est une impression bizarre, comme si rien d'autre que moi n'existait à ce moment pour elle...

Je me lance alors dans un récit de ma vie, de mes journées vides, de mes activités sans cesse ajournées, de mes soirées festives et mondaines. Je dresse un tableau sans concession de ce que je suis, je ne triche pas, pour une fois... Je ne vois pas le temps passer. Alors que je reprends ma respiration, Madame Boulain m'interrompt doucement :

— Oui... Bien si vous le voulez, nous poursuivrons la prochaine fois...

Déjà ? Dans la rue, je remonte le col de ma veste, j'ai l'impression d'avoir encore mille choses à dire, mille détails à raconter et il va falloir que j'attende la fin de la semaine, j'étais si bien lancée...

Ce travail sur moi va vite devenir le centre de mon existence si vide. Je ne vis plus que pour ces deux séances par semaine, j'attends presque en apnée la séance suivante, je m'accroche à ma psychanalyste comme à une bouée sans laquelle je pense que je me noierais. Je revisite avec elle mon enfance, mon rapport avec mes parents et mon frère. Je passe par des moments très difficiles et j'arrête même cette analyse. Finalement, un mois plus tard, je la reprends, réalisant qu'elle me manque trop. Je me rends compte que je ne sais finalement pas aimer. Je comprends que l'on m'a donné l'aisance matérielle mais que l'on ne m'a pas vraiment donner de l'amour. Ma mère, qui passait sa vie à surveiller les cours de la Bourse et mon père, passionné de sports automobiles, n'avaient, en définitive, que peu d'affection à donner à leurs deux enfants.

Les pensionnats chics les arrangeaient bien, en fait. Nous ne rentrions qu'aux vacances et ne voyions nos parents que quand ils avaient décidé de nous accorder un repas avec eux ou de nous emmener quelque part. Sinon, nous étions gardés par des nurses quand nous étions petits, puis par le personnel de la maison plus tard, adolescents. Des nurses et du personnel de maison qui ne restaient souvent pas longtemps. Je ne savais pas pourquoi mais j'appris par une de nos anciennes gardiennes que j'avais revue par hasard que nos parents oubliaient le plus souvent de les payer. Ma mère était extrêmement avare, ergotant à chaque fois qu'elle le pouvait sur tout et n'importe quoi alors qu'elle n'avait, bien sûr, aucun souci d'argent. L'argent était un Dieu qui lui faisait faire n'importe quoi pour en amasser, toujours plus... Mon père, perdu dans sa passion automobile dévorante, lui laissait le soin de prendre les décisions pour nous.

Mon frère s'était très vite réfugié dans la lecture, il passait son temps à lire, il est d'ailleurs comme moi toujours célibataire, il n'a jamais vécu avec quelqu'un, enchaînant les rencontres sans lendemain dans sa jeunesse puis devenant de plus en plus solitaire. Il a deux chats qu'il adore et qui sont devenus le centre de sa vie. Il sort peu et passe le plus clair de son temps dans sa bibliothèque.

Ce travail sur moi-même me fait reconsidérer les choses sous un autre angle. Je n'ai pas choisi d'être née dans un milieu si aisé et, en même temps, si privé d'affection. Je me rends compte que cette petite fille qui cherche à être toujours au centre, à être aimée, prend tellement de place chez moi qu'il n'y a plus d'espace pour l'adulte qui pourrait agir, bâtir, donner et recevoir. Je me demande ce qu'est l'amour finalement... Ma psy ne me donne pas de réponses, apparemment c'est à moi de comprendre. Pour l'instant, mon quotidien ne change pas trop mais je supporte de moins en moins de feindre dans les soirées, de me comporter dans cette duplicité... En fait, je ne sais pas me conduire autrement, c'est comme une seconde nature... Je ne sais pas qui je suis vraiment en réalité... Comment font les autres ?

Et puis la question de mon avenir est là... La psy, qui ne me donne que rarement des indications, m'a gentiment fait remarquer que mes parents ne seraient pas éternels alors que je parlais de mon quotidien, comme d'habitude, sans me projeter plus avant. Je suis comme les enfants, vivant dans le présent, incapable de voir plus loin. Du coup, je me suis mise à parler de cet « après » qui implique que je devrai alors reprendre le travail de gestion de fortune. J'avais complètement occulté cet aspect, je ne suis absolument pas douée pour les chiffres, les comptes, je crois que je les fuis depuis toujours... Une manière de ne pas ressembler à ma mère sans doute... Toujours est-il que me voilà un peu tétanisée. En fait, mon destin est tout tracé, je n'ai pas le choix, je devrai reprendre la suite, apprendre à me débrouiller avec les cours de la Bourse, les actions, les obligations, les titres, les SCI... Rien que d'y penser, cela me donne le vertige... Bien sûr, je peux déléguer, mais il n'empêche que je suis responsable *in fine*... Ma mère m'a toujours rebattu les oreilles avec le fait qu'il ne fallait faire confiance à personne en matière de finances, qu'il fallait tout contrôler soi-même. Je me sens déprimée rien que d'y penser... Quel cadeau empoisonné vais-je recevoir en héritage ! En même temps, je ne dois pas me plaindre, moi qui aime le luxe, qui n'aime pas travailler, comment ferais-je sans leur argent ? J'avoue que je suis pleine de contradictions... Des contradictions de riche, qui n'est pas née dans un bidonville ou dans un village misérable en brousse. En vérité, je me sens si démunie face à cet avenir que je n'ai pas envie d'assumer...

Aujourd'hui, j'ai pris le temps de vivre une demi-journée avec ma mère pour voir ce qu'elle faisait en réalité et c'est encore plus assommant que je le croyais... Lire des colonnes de chiffres, passer des ordres, faire des copies de contrats, téléphoner pour régler des problèmes... En fin de soirée, je me suis confiée à une amie, plus âgée que moi, que je prends un peu comme confidente. Hélène s'occupe à plein-temps d'une association caritative, je dis que c'est une « amie » mais en fait, elle m'écoute surtout, car de mon côté, je ne m'intéresse pas vraiment à sa vie ; d'ailleurs, elle ne semble pas éprouver le besoin de m'en parler, ou bien n'a-t-elle pas confiance en moi ? C'est possible aussi.

Enfin, c'est une personne que je « phagocyte » comme je le fais pour les vacances dans certaines familles pour skier ou me prélasser au bord d'une piscine...

Hélène m'a aidée à réfléchir :
— Comment vois-tu cet argent que tu devras gérer ?
— Comme un fardeau...
— Et ce fardeau, tu ne peux pas le déposer, en le donnant, par exemple ? Tu peux très bien décider de ne garder que de quoi

vivre et de donner le reste à des œuvres, non ?

— Hein ? Le donner ? Là, je m'étrangle presque ! Mais on ne donne pas sa fortune ! Maman a travaillé assez pour la gagner et la préserver pour que je la donne ! Elle la fait fructifier tant qu'elle peut !

— Je veux bien, mais alors tu gardes tout et à ta mort et à celle de ton frère, que devient cette fortune ? Vous n'avez pas d'héritiers tous les deux...

Alors, là... Je reste sans voix... Son raisonnement est tellement imparable... C'est que je ne me projette pas du tout si loin, moi !

Ah là là ! Hélène, en me regardant avec bonté, continue :

— Tu comprends, tu ne seras pas éternelle (encore !), ni ton frère... Si vous ne donnez pas l'argent à quelqu'un ou à une œuvre, il reviendra à l'État, tout simplement, c'est aussi une option bien sûr !

— Mais je ne suis pas encore morte ! C'est tout ce que je trouve à répondre... Je suis complètement déstabilisée.

Le soir même de cette discussion, je n'arrive pas à trouver le sommeil... Moi, l'enfant gâtée qui vivait au jour le jour, je me rends compte qu'il va falloir que je grandisse un peu... Cet état de béatitude où je n'ai rien à décider et où je ne songe qu'à m'occuper de ma petite personne sera fini quand mes parents disparaîtront ou ne seront plus en mesure, à cause de l'âge ou de la maladie, de gérer cette fortune familiale...

S'ensuivent des semaines où je cogite. Ma psy me prescrit même un petit médicament pour dormir car je n'y arrive plus... Je viens de sortir de mon insouciance, de ma torpeur et, en même temps, je suis terrifiée par ce qui m'attend. C'est Hélène, cette oreille attentive, qui me donne des pistes.

— Écoute, tu vas raison garder, me dit-elle. Tu as le temps de réfléchir et, de toute façon, quand tes parents ne seront plus là, la situation sera différente. Eux ont deux enfants et donc l'envie de léguer leur patrimoine à leurs descendants. Pour toi, qui n'en as pas, enfin, peut-être cela viendra ? dit-elle sans y croire vraiment, elle me connaît si bien ! Tu auras une autre situation à gérer : rester fidèle à toi-même en employant cet argent pour les valeurs que tu défends. Tes parents ne te demanderont pas d'en faire de la confiture, comme l'on dit ! Ils auront fait leur part en ce monde, comme ils pensaient que c'était bien dans leur vision à eux. Et toi, tu feras la tienne avec ta vision à toi. Être adulte, c'est se détacher de ce que l'on a plaqué sur nous pour découvrir ce que l'on est et ce que l'on veut vraiment. La fidélité à ses parents, c'est d'abord et avant tout la fidélité à soi-même ! Et si tu faisais un séjour un peu au calme pour réfléchir, pour te retrouver ?

— Oui, je me sens un peu perdue effectivement, tu me conseilles d'aller où ? C'est vrai que je pourrais faire cela.

— Je ne sais pas, il y a des monastères qui proposent des séjours à l'hôtellerie pour des personnes qui veulent faire une cure de silence... Si tu le souhaites, je peux te donner l'adresse d'une abbaye bénédictine pas loin d'ici.

— Pourquoi pas ? Au point où j'en suis... De toute manière, il va bien falloir que je change...

Je sens bien que ce n'est pas la psy qui va pouvoir me dire quoi faire dans la vie, elle a repris son mutisme professionnel et je n'avance plus... Je crois que je vais laisser tomber ce travail sur moi...

Je dois prendre le taureau par les cornes, pour une fois, me forcer un peu et me retrouver face à moi-même... C'est décidé... Ce ne sont pas mes soirées mondaines qui vont me donner la solution ni les séries américaines dont je me gave toute la journée...

Une semaine plus tard me voilà installée dans une petite chambre claire de l'hôtellerie des bénédictines. C'est tout simple, sans confort, juste un lavabo dans la chambre et un lit une place avec un matelas fin et des couvertures en laine comme avant les couettes... Bon, je ne vais pas faire la difficile, j'ai promis à Hélène que je resterai ici au moins trois jours pleins et si je peux, la semaine entière. La sœur qui m'a accueillie très gentiment m'a conseillé d'éteindre mon portable, de toute façon le monastère est au fond d'un vallon et si l'on veut capter du réseau il faut monter dans leur verger jusqu'à un certain arbre où l'on peut apparemment téléphoner. Je me retrouve complètement seule, dans un silence absolu...

Heureusement, en ouvrant la fenêtre, de charmants oiseaux me réconfortent un peu par leurs chants insouciants. On m'a donné les heures des offices, je vais aller aux vêpres de toute façon, cela m'occupera...

C'est le deuxième jour, je me suis bien ennuyée au point que j'ai demandé à parler à la sœur de l'hôtellerie : je suis tellement habituée à me remplir par des activités que cette silencieuse solitude m'est insupportable.

La sœur m'a écoutée et elle m'a simplement dit que je n'étais pas une exception, que tout le monde avait du mal « à descendre en soi-même » et qu'il fallait un temps d'acclimatation durant lequel on ne devait pas s'affoler mais s'occuper paisiblement. Elle m'a conseillé d'écrire ce qui me venait ou sur les thèmes sur lesquels je désirais réfléchir. Cette heure de discussion m'a fait un bien fou, je me sens prête à tenir, d'autant plus que la sœur m'a proposé, pour me détendre l'après-midi, de travailler au jardin du monastère. Pour les offices, comme je lui ai dit que je ne croyais pas vraiment, elle m'a suggéré simplement d'être là, en pleine conscience, en me gardant en paix. Évidemment, je ne vais pas aux offices du matin, c'est bien trop tôt pour moi... Je suis la seule retraitante cette semaine et la sœur m'a également autorisée à manger avec la communauté, voyant que les repas en solitaire à l'hôtellerie étaient vraiment trop difficiles pour moi.

Cet après-midi, je m'active avec ardeur pour désherber les allées du jardin pendant deux bonnes heures, j'en ai des ampoules aux mains mais cela me défoule.

C'est vrai qu'à part aller à la salle de sport et me prélasser dans le jacuzzi que l'on met à ma disposition après avoir fait quelques tours de pédales et deux ou trois mouvements de gymnastique encouragée par une coach, je ne bouge pas beaucoup. Un peu de marche pour aller à mes rendez-vous du soir quand il fait beau et que je ne prends pas un taxi, c'est à peu près tout. Alors, désherber pendant deux heures sous le soleil de juin qui cogne déjà, c'est une première ! Mais comme je n'ai rien d'autre pour m'occuper... J'éprouve une joie singulière à voir l'allée complètement débarrassée des herbes folles, je fais quelque chose et cela se voit.

Je vais ensuite m'avachir sur

mon lit en lisant des biographies de personnes saintes que j'ai trouvées dans la bibliothèque de l'hôtellerie. Des vies à mille lieues de la mienne. J'avoue ne pas comprendre ces personnes qui se dévouent pour les autres jusqu'à épuisement ou qui supportent des situations infernales au nom de leur amour pour Jésus ! Je suis retournée voir la sœur une petite vingtaine de minutes tous les jours, c'est le temps qu'elle a à me consacrer. Sa vie est si différente de la mienne ! Au lieu de parler de moi, pour une fois, je lui ai demandé comment elle en était venue à rentrer au monastère. J'ai été impressionnée, cette femme qui est un peu plus âgée que moi, était pharmacienne, elle gagnait très bien sa vie et a tout plaqué pour vivre ici avec trente-cinq autres femmes, en silence la plupart du temps. Elle a essayé de me faire comprendre qu'elle vivait d'un amour total et profond, qui même si on ne peut le percevoir avec nos yeux, est réel et suffit à son bonheur. Vraiment, cela m'a frappée ! J'ai même fait une timide prière ce soir pour connaître un peu de cet amour moi aussi... Je ne suis pas fâchée de partir demain, de retrouver la civilisation, mais, en même temps pas vraiment plus avancée pour ma vie future ! En tout cas, je vais payer largement les sœurs pour ce séjour, j'ai bien l'impression qu'elles tirent un peu le diable par la queue... Si l'on peut dire ! Elles ont des vêtements raccommodés ou un peu délavés et mangent en majorité leurs productions potagères. J'ai dû perdre quelques kilos, moi, à ce régime frugal ! Elles vivent de leurs productions de bougies et autres objets de décoration mais cela n'a pas l'air de rapporter énormément, bien qu'elles y consacrent beaucoup de temps. J'ai envie de leur donner un bon prix de journée, elles sont si chaleureuses, elles me sourient à chaque fois que je les croise et semblent m'aimer comme si elles me connaissaient depuis toujours. C'est très nouveau pour moi cette envie de donner finalement...

À peine arrivée à Paris, je débarque chez Hélène, j'ai très envie de lui partager ce que j'ai vécu. Je lui raconte par le menu mes découvertes : le jardin, le silence, les biographies de saints ou de saintes, les sœurs si attentionnées... Et soudain, sans y prendre garde, dans mon esprit les choses s'agencent, se tissent, se mettent en place comme un puzzle. Je m'entends dire à Hélène :

— Je n'ai peut-être pas la foi comme ces sœurs qui ont tout quitté pour un amour que je ne connais pas, mais je crois que ce j'ai envie de faire dans ma vie maintenant, c'est d'apprendre à aimer comme elles le font, elles ont l'air si heureuses !

— Voilà un bien beau programme... Hélène me sourit, elle sent que j'ai changé et me dit tout à trac : il me manque un bénévole pour la maraude ce soir et pour servir un repas chaud à des sans-abri, je peux compter sur toi ?

— Hélène... J'ai honte de ne pas te l'avoir proposé avant, je serai là bien sûr ! Tu peux compter sur moi.

Je repars à la maison pour quelques heures avec le cœur tout gonflé d'une grande joie, une joie que je n'ai jamais connue auparavant, cette joie que j'ai eue en donnant mon gros chèque aux sœurs... Cette joie, je commence à le comprendre, c'est la joie d'aimer et de partager...

Vous avez aimé ce roman ? Vous aimerez....

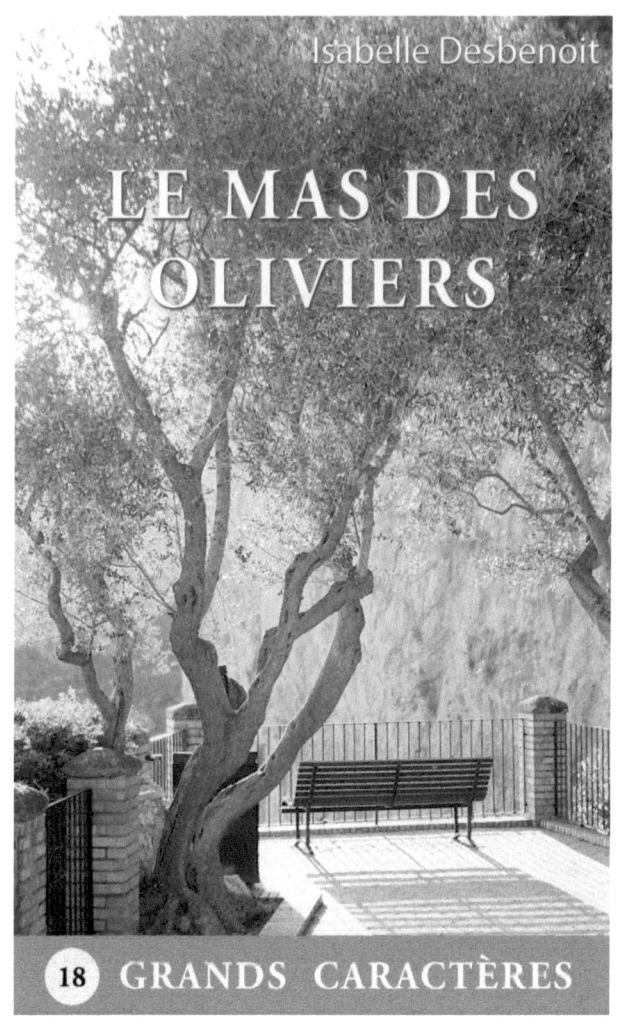